经典童话大师绘

华丽的乌鸦

A Crow in Borrowed Feathers

【古希腊】伊索　著　　【日】平田昭吾　绘
《经典童话大师绘》编写组　改编

新世界出版社 NEW WORLD PRESS
海豚出版社 DOLPHIN BOOKS
CIPG 中国国际出版集团

华丽的乌鸦

一天，百灵鸟在枝头大声宣布："朋友们，森林女神要在咱们中间选出一只最漂亮的鸟当百鸟之王。"这一消息轰动了整个森林，森林里比往日更加热闹。鸟儿们个个不甘示弱，都觉得自己是最漂亮的鸟。

其中，信心十足的极乐鸟挥着翅膀大声喊道："谁能有我美丽呢？鸟王非我莫属了。"

森林女神是裁判，鸟儿们互相追赶着，以最快的速度飞到她身边，想让她评评理。森林女神戴着金色的王冠，穿着洁白的长袍，手拿仙女棒。她宣布：“百鸟之王既要有漂亮的羽毛、俊美的外形，还要有良好的品行。”

森林女神给出的评选标准可不低。鸟儿们争先恐后地围绕她挥动翅膀，抖动尾羽，夸耀着自己的美丽。

站在鸟群中央的孔雀展开像屏风一样漂亮的尾巴，傲气十足地说：“世界上恐怕没有比我更漂亮的鸟了。”

站在树梢的老鹰不服气，拍打着翅膀说：“我是鸟类中最勇猛的，我能捕捉各种猎物。我从早忙到晚，最是活力满满。”

满身披金挂彩的雉鸡，优雅地伸了伸脖颈：“我的体态最俊美。”

鸟儿们你一言，我一语，互相争执不下。只有乌鸦悄悄地躲在一旁不敢出声，因为它是大家公认最丑的鸟儿。

“不把自己洗干净，是当不了百鸟之王的。”优雅的天鹅扎进水里，仔细地梳洗着羽毛。其余鸟儿一听，觉得天鹅说得对，也跟着来到河边。

乌鸦也跟着飞来了，它也想当百鸟之王。它看着自己水中黑黑的倒影，沮丧地想：“我怎么才能长出艳丽的羽毛，变得英俊潇洒呢？”

河水哗哗地流着，芦苇在风中摇摆，其他鸟儿们嬉戏欢闹着，只有乌鸦闷闷不乐。

乌鸦鼓起勇气跳进河流中，想用河水洗掉自己满身的黑色，希望自己的羽毛不再是黑乎乎的，而是拥有漂亮的色彩。可是，无论乌鸦怎么反复用力地洗，身上还是黑色的。

“看来，我是当不了百鸟之王了。”乌鸦看着自己的羽毛，失望地叹了一口气。这时，其余鸟儿已经洗完澡，纷纷飞回比赛的地方。

乌鸦独自在岸边晾晒羽毛，突然发现河流中漂满了五颜六色的羽毛。那是其他鸟儿洗澡时从身上掉下来的。它们在阳光的照射下发出漂亮的光彩。

乌鸦灵机一动，想出了一个好主意：“我拿这些羽毛把自己打扮一下，就能变成最漂亮的鸟。”乌鸦把那些羽毛捡起来，用松脂把它们一片片粘在自己身上。

决定谁是百鸟之王的日子到了，鸟儿们都飞到森林女神面前一展身姿。其中，乌鸦用百鸟的羽毛把自己打扮得既艳丽又华贵。森林女神指着乌鸦向大家宣布：“你身上有所有鸟儿羽毛的颜色，因此你最漂亮。从今天起，你就是百鸟之王了。”

其他鸟儿们看到精心装扮的乌鸦，也情不自禁地夸赞起来。乌鸦听了，得意忘形，忍不住“呱呱呱”地叫了起来。

鸟儿们听出乌鸦的叫声，都围了过来。“原来是狡猾的乌鸦，你把我的羽毛安在了自己身上。”“你身上还有我的羽毛。”“别以为用了大家的羽毛，我们就不认识你了。”鸟儿们生气地用嘴啄乌鸦，把它身上艳丽的羽毛都啄了下来。乌鸦又变回原本黑乎乎的样子。

森林女神很生气：“你竟敢弄虚作假，你不能当百鸟之王。”乌鸦羞得满脸通红，灰溜溜地逃走了。

外表美固然重要，但内在美才是美的关键。弄虚作假的方式要不得，我们要做一个真诚的人。

驮盐的驴

从前，有个头脑精明的商人，他往返于不同城市间，以贩运货物为生。给商人运货物的是一头自以为是的驴。

有一天，商人购买了一批盐，要运到另外一个城市去。商人将两大袋盐拴在一起，搭在驴背上，赶着驴走。刚走出不远，前方就有一条小河拦住了路。商人只好赶着驴子来到了河里蹚水过河。谁知道，驴子过河时没站稳，脚一滑不小心摔倒了。两袋盐也掉进了水里。

河水哗哗地流着，驴背上的盐袋散开了。当商人费了九牛二虎之力把盐袋从水里捞上岸时，一多半的盐已经溶化在水里了。

驴子挣扎着从河里站起来，再次驮上盐袋，忽然发觉背上轻松了不少。自以为聪明的它暗暗得意：有了这次经验，以后可以随时找机会让自己轻松一点。

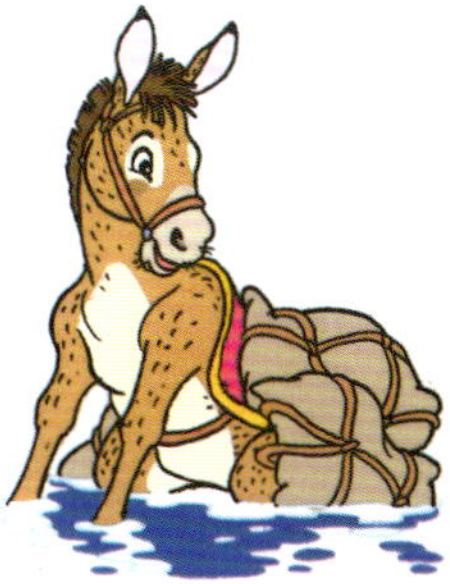

过了几天，商人在另一个城市将运去的盐都卖了，又在那里购买了许多袋棉花要运回来。负责运送的驴子在心里暗暗想道：“这次的东西一点儿也不重，如果过河时，我再假装跌倒一次，那身上不就一点重量也没有了？”

于是，在过小河时，驴子故伎重施，再次跌倒在小河里，希望背上的口袋还能变轻，像云朵一样轻。

想投机取巧的驴子万万没有想到，沾了水的棉花非但没有变轻，反而变得更重了，压得它简直喘不过气。路途遥远，湿漉漉的棉花压得驴子汗如雨下，差点儿累倒在地。

驴子一心想耍小聪明，却弄巧成拙，吃了大亏。

做事情要脚踏实地，不能投机取巧，更不能存有侥幸心理，否则就会弄巧成拙，让自己陷入困境。

吹破肚皮的青蛙

在长满荷叶的池塘里，小青蛙哥哥和弟弟相互打闹着。它们披着绿绿的衣裳，露出雪白的肚皮，每天都能吃很多很多的蚊虫。

这时，一头大水牛急匆匆跑到池塘边。它嗓子渴得冒烟，于是伸长脖子，趴下身子就大口喝水。一不小心，大水牛把青蛙哥哥给踩伤了。正在荷叶上嬉闹的青蛙弟弟被这一幕吓得瞪大眼睛，跳到空中，慌不择路地寻找帮助。

青蛙妈妈正蹲在荷叶上呱呱呱地唱着歌。一只蜻蜓从远处飞过来，惊讶地喊道："好大的青蛙啊！"青蛙妈妈听了，乐得眯起眼睛、鼓着肚皮，神气十足地说："那当然了。"

"妈妈，哥哥被一只身躯庞大的动物踩伤了。"这时，逃回家的青蛙弟弟赶紧告诉妈妈这一可怕的消息。

“是和我一样大吗？”青蛙妈妈气得在荷叶上乱蹦乱跳，把自己白白的肚皮鼓得高高的。“不是，它的身躯庞大得很。”青蛙弟弟害怕地说。青蛙妈妈又拼命地吸气鼓气、吸气鼓气，肚皮鼓得圆滚滚的，像一只快要爆炸的大白气球。

正在石头上晒太阳的乌龟伸长脖子看着，还以为青蛙妈妈在跟谁比赛肚子大呢！

“还要大，还要大一些。”青蛙弟弟给青蛙妈妈比画水牛的身体，青蛙妈妈还不曾见过水牛。“哦，是这样吗？”青蛙妈妈又继续使劲。话音未落，青蛙妈妈的肚皮“砰”的一声，爆开了。爆竹般的响声，惊得池塘里的鱼都跳出水面看热闹。

每个人都要认清自己，不要老想着和别人比来比去。不自量力的人，最后都会惨遭失败。

蚂蚁和蛹

夏季雨后的清晨，树林里空气清新，一片生机勃勃的景象。一只小蚂蚁早早起床，从洞穴里探出身子，四处寻找食物。一阵风吹来，吹落了树叶，也把挂在树梢的露水吹到蚂蚁身上，沾湿了它的外衣。

抬头望着天空的蚂蚁抖落身上的水滴，继续往前探险。

走着走着，蚂蚁遇见一个包裹得严严实实的蛹，一动不动地伏在地上。蚂蚁开始以为它是一片落叶，用触角碰了碰。没想到，蛹摇动起尾巴，这引起了蚂蚁的注意。

“可怜的朋友，”蚂蚁叉着腰站在树枝上，轻蔑地说，“你的命运多么悲惨啊！我可以随意到处跑，如果我愿意的话，就能爬上最高的树。而你被囚禁在这里，只能扭动你的尾巴。”蛹默默地听着这一切，并没有回应。

蚂蚁继续往前赶路。走着走着，它不小心踏进了泥潭里。这个泥潭是昨夜的雨水浸泡形成的。蚂蚁的脚上沾满了泥浆，几乎寸步难行。

“哎，我的腰快断了。”蚂蚁用尽全身力量，一步步向泥潭边挪动，累得满头大汗。它在心里暗暗埋怨自己光顾着看四周的景色，竟没注意脚下的路。

快要走出泥潭时，蚂蚁的眼前忽然出现一片绚丽的色彩。那是蝴蝶扇动着华丽翅膀。它已经从蛹中破壳而出。

“看看我，”美丽的蝴蝶说，“我就是你那可怜的朋友。”说着，蝴蝶就在空中跳起舞来，很快消失在蚂蚁的面前。小蚂蚁目瞪口呆地看着这一切。

看事物的时候可不要只看表面，以貌取人，也许你之前瞧不起的人，才是破茧成蝶令你大吃一惊的人。

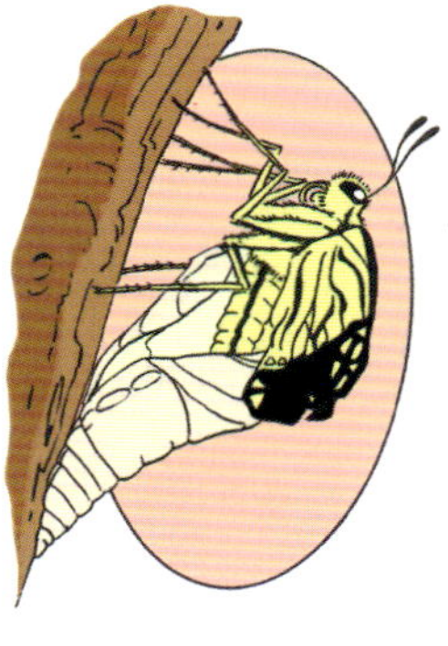

恋爱中的狮子

从前，有个农夫和他的女儿相依为命。女孩长得十分美丽，而且善解人意，农夫非常宠爱她。

一天，穿着粉色长裙的女孩独自到树林边的一个水塘里打水。不巧，一头从森林里跑出来寻找食物的狮子撞见了她。“啊，你像仙女一样漂亮。”狮子十分爱慕这个女孩，尾随着她来到了女孩的家中。

狮子在小木屋前见到了女孩的父亲，大大咧咧地说：“我想娶您的女儿。”女孩的父亲并不想让她嫁给一头狮子，但害怕狮子一生气就吃了他们，所以并没有直接拒绝。

看着凶狠的狮子，父亲灵机一动，恳求道：“我很乐意将女儿嫁给你，但又怕你不小心伤害她。我的女儿害怕你锋利的牙齿和尖锐的爪子，请你把它们拔掉吧！”

“没问题，我能够为她做任何事情，明天我再来。”于是，狮子回到洞里，忍痛拔掉了所有的牙齿，修剪了利爪。

当狮子再次登门拜访时，女孩的父亲挥舞着一根粗棍子，说：“你休想打我女儿的主意。”

没了牙齿和利爪的狮子，再也没什么可怕了。狮子被打得屁滚尿流，灰溜溜地跑回了森林。

有时候，遇到恶人不必害怕，智慧能帮我们解决问题。同时，即便是为了爱情，也不能放弃自己的尊严和长处。

图书在版编目（CIP）数据

华丽的乌鸦 / (古希腊) 伊索著 ; (日) 平田昭吾绘 ; 《经典童话大师绘》编写组改编. -- 北京 : 新世界出版社, 2024. 12. -- (经典童话大师绘). -- ISBN 978-7-5104-7990-8

Ⅰ. I313.85

中国国家版本馆CIP数据核字第20240C4Z72号

北京版权保护中心引进书版权合同登记号：图字01-2019-4909号

扫一扫，获赠英文故事音频
敬请关注《大师画给孩子们》（汉英对照版）

华丽的乌鸦

作　　者：[古希腊] 伊索
绘　　者：[日] 平田昭吾
责任校对：宣　慧　张杰楠
出版发行：新世界出版社　海豚出版社
社　　址：北京西城区百万庄大街24号（100037）
总 编 室：(010)6899 5424（电话）　(010)6832 6679（传真）
印　　刷：北京市房山腾龙印刷厂
开　　本：787mm × 1092mm　1/24　尺寸：188mm × 170mm
版　　次：2024年12月第1版　2024年12月第1次印刷
定　　价：25.00元
改　　编：《经典童话大师绘》编写组
责任编辑：楼淑敏
责任印制：王宝根
网　　址：http://www.nwp.com.cn
发 行 部：(010)6899 5968（电话）　(010)6899 0635（电话）
版 权 部：+8610 6899 6306（电话）　nwpcd@sina.com（电邮）
经　　销：新华书店
字　　数：30 千字　　印张：2
书　　号：ISBN 978-7-5104-7990-8